El manual de la teoría del apego

Consejos poderosos para promover la comprensión de los demás, aumentar la estabilidad del estado de ánimo y construir relaciones duraderas [Attachment Disorder, Spanish Edition]

Carmen Mannaia

to, ya sea por medios electrónicos o en formato impreso. La grabación de esta publicación está estrictamente prohibida, y no se permite el almacenamiento de este documento a menos que se cuente con el permiso escrito del editor. Se reservan todos los derechos.

Se declara que la información proporcionada en el presente documento es veraz y coherente, en el sentido de que toda responsabilidad, en términos de falta de atención o de otro tipo, por cualquier uso o abuso de cualquier política, proceso o instrucciones contenidas en el mismo es responsabilidad exclusiva y absoluta del lector destinatario. En ninguna circunstancia se podrá exigir responsabilidad legal o culpar al editor por la reparación, los daños o las pérdidas monetarias debidas a la información contenida en el presente documento, ya sea directa o indirectamente.

Los respectivos autores son dueños de todos los derechos de autor que no son propiedad del editor.

La información aquí contenida se ofrece con fines informativos únicamente y es universal en cuanto tal. La presentación de la información se hace sin contrato ni ningún tipo de garantía.

Las marcas comerciales utilizadas no tienen ningún consentimiento, y la publicación de la marca comercial se realiza sin permiso ni respaldo del propietario de la misma. Todas las marcas registradas y marcas dentro de este libro son sólo para propósitos de clarificación y son propiedad de los propios guardianes, no afiliados a este documento.

BIOGRAPHY

Carmen Mannaia

ENGLISH - Carmen is a world-renowned psychologist.

She specializes in managing couples and therefore relationships.

"Unfortunately, not everything works out the way we want it to..." says Carmen after an interview she did in "The Meaning I Give to Love," a very popular magazine for married and unmarried couples.

The ratings for that interview skyrocketed and Carmen became one of the highest paid counselors and psychologists in America in 2018, helping thousands and thousands of people.

Today, the complete series, Carmen's Tips for Stable Relationships, is finally available.

Índice

Introducción

Las enfermedades psiquiátricas pueden surgir en niños pequeños que tienen problemas de vinculación emocional con otros. Ya en su primer cumpleaños, los padres, tutores o médicos pueden descubrir que un niño tiene problemas de apego emocional. A veces un padre lleva al hospital a un bebé o a un niño muy pequeño con cólicos graves y/o complicaciones de alimentación. Hay niños que aún luchan por engordar, muestran acciones distantes y son difíciles de tranquilizar. Los niños tienen problemas para comunicarse con la gente o tienen miedo de acercarse a extraños.

Y en sus primeras relaciones, la mayoría de los niños con problemas de apego han tenido complicaciones o retos significativos. Pueden haber sido heridos o ignorados física o emocionalmente. En un ambiente institucional u otro tipo de colocación fuera del hogar, algunos se han encontrado con un tratamiento deficiente. Los servicios residenciales, los hogares de guarda o los orfanatos son ejemplos de colocaciones fuera del hogar. En su principal cuidador, algunos han tenido varios reveses o cambios dolorosos. La causa precisa de los problemas de apego no está clara, aunque las pruebas demuestran que una posible causa es la insuficiente prestación de cuidados. A medida que el niño crece, los problemas físicos, emocionales y sociales asociados con los trastornos de apego pueden continuar. Los niños con problemas de apego pueden desarrollar dos formas potenciales de afecciones: El Trastorno de Apego Reactivo y el Trastorno de Interacción Social Desinhibida.

Debido a las interacciones desagradables con los adultos en sus primeros años, los niños con RAD son menos propensos a comunicarse con otros individuos. Cuando están ansiosos, tienen problemas para establecerse y no buscan apoyo de sus cuidadores cuando están angustiados. Cuando se comunican con las personas, estos niños pueden parecer tener pocos o ningún sentimiento. Cuando tienen actividades regulares con su cuidador, pueden parecer infelices, irritables, tristes o asustados. Cuando los síntomas se vuelven persistentes, se hace el diagnóstico de RAD.

Al ver a alguien por primera vez, los niños con DSED no se asustan.

Pueden ser demasiado educados, caminar para conversar con la gente, o incluso abrazarlos. Los niños más pequeños pueden animar a los extraños a que los recojan, los alimenten o jueguen con juguetes para ellos. No consultan con sus padres o tutores cuando estos niños se encuentran en una situación extraña, y siempre irán con alguien que no conocen.

A una edad temprana, la mayoría de los niños crean lazos relacionales estables con sus cuidadores. Cuando su cuidador falta, muestran una ansiedad saludable, y cuando se reúnen, muestran alivio. Sin embargo, ciertos niños experimentan problemas de dependencia porque sus padres no satisfacen sus necesidades. Estos bebés no se comunican con sus cuidadores y no desarrollan ningún tipo de vínculo emocional. Los problemas de apego son tratables, pero es necesario actuar a tiempo. Los niños con problemas de apego pueden tener complicaciones persistentes a lo largo de su vida sin medicación. Las interacciones de apoyo repetidas con un cuidador ayudan a crear un vínculo saludable para los niños. Cuando un adulto responde con comida, mejora o estímulo a los llantos de un bebé, éste descubre que puede confiar en el adulto para que lo mantenga seguro y atienda sus necesidades.

Los niños que están firmemente conectados se esfuerzan por desarrollar relaciones más fuertes con los demás y pueden resolver problemas fácilmente. Son capaces de hacer nuevas experiencias y experimentar independientemente, y tienen menos respuestas intensas al estrés.

Un estilo de relación inestable puede estar formado por niños que reciben reacciones desagradables o inesperadas de un cuidador. Pueden considerar a los adultos como poco fiables y es posible que no confíen fácilmente en ellos. Los niños con apegos inseguros pueden evitar a los individuos y exagerar la ansiedad. Reflejan molestia, terror y ansiedad. No participarán con los demás.

Un diagnóstico clínico completo y un plan de recuperación individualizado es importante para los niños que muestran síntomas de RAD o DSED. El tratamiento incluye tanto al bebé como a la familia. Los terapeutas trabajan para reconocer el vínculo entre el bebé y sus proveedores de atención primaria y para fortalecerlos. Sin cuidados, estos trastornos pueden perjudicar el crecimiento social y emocional del bebé. Los tratamientos como

Los métodos de "renacimiento" son poten-
cialmente arriesgados y deben ser desalenta-
dos. Los trastornos psiquiátricos graves incluyen la disfunción de dependencia reactiva
y la disfunción de interacción social desinhibida. Sin embargo, el compromiso estrecho y
continuo entre las familias del bebé y el personal de atención puede aumentar las posibi-
lidades de obtener un buen resultado.

Para afrontar mejor esta enfermedad psiquiá-
trica, este libro incluye valiosas estadísticas e
información sobre la disfunción del apego,
sus síntomas, causas, riesgos y tratamientos
médicos.

Capítulo 1: Trastorno de Apego: Tipos, síntomas y causas

La enfermedad del apego es una enfermedad neurológica y emocional que se identifica a menudo a la edad de cinco años en los niños pequeños y también en los escolares.

Si bien el apego íntimo y la relación permanente entre un bebé y sus padres o cuidadores se forma típicamente durante los primeros seis a nueve meses después del nacimiento, la negligencia, la violencia o el abandono pueden contribuir a que estas fuertes relaciones no sean creadas por los niños pequeños Si un niño no obtiene el afecto y el cuidado anticipados que serían normales en un entorno familiar tradicional, entonces las dificultades persistentes de comportamiento, cognitivas y de confianza contribuirán a la creación de una disfunción de apego que influirá negativamente en su adolescencia y también en su vida posterior. Nadie entiende precisamente por qué ciertos niños tienen problemas de apego, mientras que otros no residen en el mismo ambiente. Sin embargo, los expertos concluyen que existe un vínculo entre los problemas de apego y el abandono o la privación sustancial, los frecuentes turnos de los cuidadores primarios o la crianza en entornos residenciales.

En el público en general, los problemas de compromiso son bastante poco comunes. El mayor peligro lo corren los niños en hogares de guarda o los que han sido institucionalizados.

Los grupos de mayor riesgo incluyen:

- Los niños que han experimentado varios proveedores de cuidado de crianza por separado
- Los niños que pasan tiempo en un orfanato
- Los niños que han sido testigos de numerosas experiencias estresantes
- Los niños que han sido arrancados de un cuidador primario mientras construyen una relación estable

1.1 Tipos de trastornos del apego

En el Manual de Diagnóstico y Predicción de los Trastornos Psiquiátricos se reconocen dos condiciones de apego distintas: interacción relacional desinhibida reactiva y trastorno de apego a los trastornos. Alrededor del primer cumpleaños de un bebé, estos síntomas también se reconocen. La falta de prosperidad o el desinterés en la comunicación son también las primeras señales de advertencia.

Trastorno de compromiso social desinhibido

El exceso de amabilidad hacia los forasteros es un síntoma clásico de la condición de interacción social desinhibida (DSED). Cuando un cuidador no está presente, un niño puede obtener consuelo de un desconocido, sentarse en el regazo de un extraño y no mostrar ninguna angustia.

Los niños con DEA a menudo no tienen la voluntad o la capacidad de registrarse con adultos de confianza hasta que salen de un entorno seguro y entran en un escenario extraño o peligroso. Los niños con este trastorno no tienen preferencia sobre los adultos de confianza y pueden buscar la atención de personas que no reconocen.

Disfunción del acoplamiento reactivo

La disfunción de apego reactivo es una disfunción de la infancia que requiere un fracaso en la búsqueda del calor de un cuidador. Un niño con apego reactivo puede resistir el confort físico de un cuidador, evitar el contacto con el ojo y ser hipervigilante.

La mayoría de los adolescentes que padecen el trastorno de apego reactivo muestran una serie de conductas.2 Estas conductas pueden implicar retraimiento, irritabilidad, falta de búsqueda de comodidad, no involucrarse con otros adolescentes y resistirse al contacto físico.

1.2 Síntomas del trastorno de apego

Se pueden reconocer los signos y síntomas de la disfunción del apego, en particular si el niño ya es un bebé. La disfunción del apego, por ejemplo, puede estar presente si el niño llora con una frecuencia inconsolable, o si el cuidador principal no reacciona adecuadamente a las necesidades del niño. Entre los indicios de que puede haber un problema de apego en un lactante figuran los siguientes:

Dificultad para expresar la ira

La disfunción del apego puede malinterpretar las señales sociales aceptables, con los niños incapaz de contener o transmitir sentimientos de frustración. Esto puede incluir que el niño tenga rabietas o que "actúe" de otra manera.

Falta de contacto visual

Si un bebé es incapaz de mirarle a los ojos, podría sugerir dificultades de apego, pero

debes equilibrar esto con cualquier signo de disfunción de apego para descartar todas las demás causas potenciales.

Busca el afecto de los extraños

El deseo de perseguir cantidades a menudo excesivas de intimidad de extraños fuera de la unidad familiar es uno de los indicadores más significativos de que un niño experimenta una disfunción de apego, lo que sugiere que no tiene el amor necesario para desarrollar la lealtad hacia sus cuidadores.

Problemas para controlar su comportamiento

Esto puede ser un síntoma de disfunción del apego cuando un niño tiene problemas para controlar sus propias acciones, como por ejemplo no cambiar su comportamiento según se le instruye, porque no controla sus sentimientos de manera normal.

Falta de amor hacia los padres o cuidadores

El hecho de no mostrar amor a sus padres o tutores es otro indicio significativo de que un niño puede tener una disfunción de apego, lo que pone de relieve que la relación puede ser inestable o no estar presente en absoluto. Algunos síntomas de la disfunción del apego incluyen:

- Intimidar a las personas o hacerles daño
- No sonreír
- Los episodios intensos de irritación
- Comportamiento de oposición
- Mala regulación de los impulsos
- Actos autodestructivos
- Ver a la gente trabajar pero no poder participar
- Mal humor
- Aferramiento medio Aferramiento medio

Condiciones relacionadas

Académica, psicológica, física y conductualmente, se espera que los adolescentes con problemas de apego sufran. Durante la pubertad, también corren un mayor riesgo de tener problemas legales. Los niños con problemas de apego parecen tener un coeficiente intelectual más bajo, y corren un mayor riesgo de desarrollar dificultades con las palabras.

Es mucho más probable que tuvieran problemas mentales. Un informe clínico de 2013 que investigaba a niños con problemas de apego demostró que:

- El 29% tenía un trastorno de oposición desafiante
- El 52% tenía TDAH
- El 19% tenía TEPT
- El 29% tenía un trastorno de conducta
- El 14% tenía una fobia
- El 14% tenía un trastorno del espectro au-

tista

- El 1% tenía un trastorno de tic

En general, además de desarrollar un problema de apego, el 85 por ciento de los niños tienen otra enfermedad médica.

1.3 Causas del trastorno de apego

El trastorno de apego suele ocurrir antes de los cinco años de edad en la mayoría de los casos, y suele desencadenarse por una especie de negligencia o violencia por parte de un cuidador primario. Toda circunstancia en la que un niño no haya podido desarrollar una relación o haya sido separado de sus padres puede contribuir a las dificultades de apego. Los niños que corren un mayor riesgo de sufrir una disfunción del apego son los que más casos presentan:

- Los niños que han sido ignorados o explotados
- Los niños que han sido criados en instalaciones de tratamiento
- Los niños que han pasado entre una variedad de múltiples proveedores de tratamiento o padres adoptivos
- Los niños que han sido segregados de sus padres
- Los niños cuyos tutores son adictos a los opiáceos o al alcohol
- Los cuidadores tienen pocas credenciales parentales
- La frustración materna se refiere a
- Incompetencia materna
- Los padres con discapacidades mentales
- Susceptibilidad materna a la cocaína o al alcohol

Un niño quiere amor y aceptación de forma natural, así como ser capaz de desarrollar el respeto y la confianza en sus padres para proporcionarles sus necesidades esenciales. Los efectos perjudiciales de ignorar o descuidar los gritos de hambre o los cambios de pañales de un bebé o infante los dejará sintiéndose perdidos. Si no adquieren el sentido de apego que necesitan para forjar fuertes conexiones en el futuro, esto contribuirá a la preocupación de que el mundo sea un lugar peligroso para ellos.

1.4 Relación con los trastornos de la personalidad en la edad adulta

Por sí solos, los bebés no pueden desarrollarse a partir de problemas de relación. A medida que crecen, sus signos pueden mejorar, pero si no se tratan, es probable que tengan preocupaciones crónicas hasta la edad adulta, incluyendo problemas para controlar sus emociones.

También es posible atribuir los problemas de compromiso a características psicopáticas. Una investigación de 2018 mostró que los adolescentes con problemas de apego eran más propensos a mostrar características insensibles y no emocionales. Si bien hay pruebas de que ambos están relacionados, no hay indicios de que los problemas de apego lleven a una entidad a adquirir un trastorno de personalidad antisocial.

Capítulo 2: Cómo superar el apego ansioso

En ambos, hay un elemento que anhela pertenecer. Es nuestra seguridad, nuestra seguridad. Nos asegura que debemos descansar, que los demás están ahí para abrazarnos, para apreciarnos, para felicitarnos, y, cuando no podemos, para protegernos. Implica que somos importantes.

Normalmente nos curamos después de una única desconexión relacional. Al convertirse en una rutina, la curación se siente intangible e inalcanzable, ya que alguien más está "destinado a estar ahí" y encuentra oportunidades para que nos desconectemos o desaparezcamos de forma regular. Hacemos elecciones autodeterminadas, reclamando, "No soy deseado". Tengo que ser defectuoso.

2.1 Las personas con trastorno de apego se quejan de la falta de afecto y amor

Muchos de los que aterrizan en el lado nervioso de la conexión también son conscientes de que están buscando a alguien como medio para contener su violencia. Pueden sonar "pegajosos". Muchos sonidos se descartan rápidamente o se descartan mientras se vive en este estado, enfadándose mientras los cónyuges luchan por estar a la altura de los estándares esperados. Rápidamente caen en pánico interno en guardia, sintonizados con las señales de los que abandonan, expresando acciones de protesta en esfuerzos a veces vanos para evocar respuestas amorosas. Pueden excusar o excusar a los compañeros por la sumisión, prefiriendo discutir (y seguir discutiendo) porque se siente mejor que no tener ninguna relación, porque no hay otra opción posible por la consideración.

Al tratar de lograr la aceptación de su pareja, los que están en este modo renuncian a sus propios intereses, poniendo las necesidades de supervivencia por encima de la honestidad. La "verdadera" identificación de su cónyuge es a veces menos crítica que la realidad de que el cónyuge se presenta como accesible sólo el tiempo suficiente para mantener una apariencia de afecto para el individuo en cuestión. Esto puede hacer que sus compañeros se sientan como cuidadores intercambiables, mientras que la autojustificación proporciona un caso paradójico para la persona ansiosa: "No invertiría demasiado tiempo en alguien que no es" el elegido. Enamorados del concepto de persona, otros se han referido a esto como "vinculación de fantasía", a veces faltando elementos incómodos.

Muchas personas ansiosamente conectadas se dan cuenta de que se han preocupado demasiado por

su propia incomodidad y desregulación en tiempos más tranquilos, después de la realidad, que han dejado de captar señales relacionales no habladas de los cónyuges que pueden haber contribuido a los sentimientos de apego e intimidad compartidos.

2.2 Relación ansiosa con el yo

El miedo en sí mismo a menudo se convierte en el adversario, y la personalidad angustiada crea tácticas para ocultarlo o contenerlo, pensando, "Si la gente ve este miedo, puede que me abandonen". Este mensaje en sí mismo perpetúa la tensión interpersonal, amplificando el dolor a medida que las piezas interpersonales se polarizan.

Aunque muchos, atrapados por el miedo, trabajan intensamente en compañía de otros (lo que puede ser considerado como un reto por otros), pueden encontrar actividades difíciles de realizar cuando están solos. A menudo, encuentran que su motivación se disuelve en la falta de una tranquilidad continua. Cuando no están en compañía de alguien, pueden reconocer la ausencia de la percepción de su propia identidad.

Por muy cómoda que se vuelva la desesperación emocional, pueden darse cuenta de que no saben cómo estar al respecto cuando se les ofrece verdadero afecto. Tal vez se caiga de golpe. Tal vez se convenzan a sí mismos de que simplemente están solos. Puede que se desvíen o se saboteen a sí mismos. Invoca tanta culpa, tomando porciones del yo que no saben cómo llegar a la conciencia.

2.3 Orígenes del apego ansioso

El desarrollo del apego ansioso, que reclama tanto la naturaleza como la crianza, está definido por varias teorías. Una de las más influyentes enmarca al cuidador como alguien que se siente abrumado por la emoción de su hijo. Puede ser un padre que disfruta o respeta al bebé pero que aún se siente perdido, fuera de sincronía, como si no hubiera manera de consolar al bebé. Esto es una desgracia o una empatía inexacta. Por supuesto, al gritar, el niño obtiene más afecto, enseñándole así a usar las rabietas como principal medio para obtener afecto y satisfacer sus necesidades de protección.

Otra hipótesis, que puede funcionar de acuerdo con lo anterior: el cuidador

induce deliberadamente (incluso subconscientemente) a la dependencia de su bebé que lleva heridas de abandono, lo que significa que el niño las quiere y se queda con ellas. Por lo tanto, para satisfacer las necesidades, el infante de este enfoque de crianza está condicionado a seguir siendo un infante, a tomar una posición de dependencia en las relaciones interpersonales.

2.4 Estilos de apego ansioso e intimidad

Hay tres formas distintas de estilos de apego: protegido, nervioso y resistente.

Los individuos conectados de forma segura suelen tener una educación segura, y son más fuertes al moverse acostumbrados a las conexiones interpersonales. La gente que es nerviosa y evasiva considera el amor más como una batalla. Esto se atribuye principalmente a los abusos de la primera infancia, como el abandono, la mala disciplina o una relación abusiva.

Y el más solitario de los seres humanos requiere el contacto humano. Así que el confinamiento solitario es un método de tortura tan efectivo. Desde el día en que nacimos, estamos claramente conectados y comenzamos a llorar por nuestras madres.

Cuando crecemos, sabemos cómo establecer conexiones con otros individuos y nuestros primeros encuentros con las relaciones románticas tienen una gran influencia en cómo tratamos la conexión potencial.

Comienza con la forma en que nuestros padres nos responden, luego nos influyen más ciertos encuentros con compañeros, maestros y nuestras primeras relaciones íntimas. Nos regimos por los cuentos. Esto puede ser educación, puede ser un encuentro traumático, o una conexión, puede contribuir a historias sobre nosotros, como "No soy lo suficientemente bueno", "No soy merecedor", "No soy digno de ser amado". Nuestras historias pueden posicionarnos en algún lugar de un amplio continuo sobre cómo manejamos las relaciones. Aun así, los individuos pueden ser categorizados en tres grupos sobre cómo se vinculan con los demás: resistentes, nerviosos y seguros.

Fijación segura

Alrededor de la mitad de la población tiene un tipo de conexión segura y estable. Esto indica que están relajados con el afecto, por lo que sus relaciones parecen ser más satisfactorias.

Típicamente, la protección surge de mantener una asociación estable con los padres, donde pudieron salir y descubrir el mundo cuando eran niños, pero aun así se sienten seguros y protegidos. Esto se expresa por no asfixiar a su compañero en la madurez, y permitirles vivir una vida independiente - al mismo tiempo que reconocen cuando ser sinceros, amigables y acogedores.

Los individuos seguros son mejores en reconocer las deficiencias de su compañero, y están abiertos a lo que necesitan. No engañan ni juegan porque tienen una autoestima bastante alta. Incluso en la confrontación, están mejor equipados para hacer sus argumentos sin ponerse demasiado a la defensiva cuando responden a las quejas de su compañero, así no se ven arrastrados a un ciclo perpetuo de culpa y batalla.

Los que tienen un buen estilo de relación estable suelen exhibir al menos un par de los siguientes rasgos:

- Una mayor madurez emocional.

- Capaz de expresar los sentimientos de manera apropiada y constructiva.
- Capaz de dar y obtener mensajes de afecto positivos.
- Capacidad de trazar límites seguros, correctos y justos siempre que sea posible.
- Sentirse seguro, así como estar a solas con un amigo.
- Tienden a adoptar una visión constructiva de las relaciones e interacciones con las personas.
- Es más probable que se ocupe de los problemas interpersonales en la fase
- Abordar las cuestiones relativas a la solución de problemas, en lugar de atacar a una persona.
- Resistencia en la ruptura de la conexión facial. Capaz de afligirse, de aprender y de

seguir adelante.

La gente con la forma estable de compromiso no es impecable. Como todo el mundo, tienen altibajos, y se enfadarán si se irritan. Eso significa que su enfoque maduro general de las asociaciones permite que esta sea la más saludable de las cuatro formas de conexión adulta.

Apego ansioso

Las personas que están ansiosamente apegadas son extremadamente infelices y nerviosas por ser demasiado o demasiado poco para la persona con la que están saliendo, y lo encuentran todo extremadamente personal. A lo largo del momento, no existen realmente, sino que ponen muchas expectativas altas en su relación y se vuelven adictos a su futuro.

Esto se debe principalmente a que quieren describir, rescatar o completar su asociación. Se aferran a su pareja, ya que tienen miedo de estar aislados.

Las personas que están angustiadas acaban realizando actos que alejan a su compañero, porque se convierten en una profecía que se cumple. En otros términos, lo están perdiendo al ser incapaces de mantener su vínculo.

También se vuelven pegajosos, controladores o posesivos con su pareja, ya que se sienten inseguros de las intenciones de su pareja e inseguros en su relación de pareja. También pueden ver el comportamiento individual de su pareja como una afirmación de sus ansiedades. Para empezar, si su pareja comienza a socializar más con sus amigos, pueden decir:

"¿Ves? Realmente no me respeta". Esto indica que me está dejando. Tenía razón al no creerle.

Aquellos con un estilo de apego pesado y preocupado parecen exhibir al menos varios de los siguientes rasgos de manera consistente:

Propenso a sentirse más inseguro y menos confiado con respecto a las relaciones en general, particularmente las relaciones románticas.

Inclinado a tener muchos estresantes dependientes de los acontecimientos reales e imaginarios en las relaciones. Tales estresantes pueden manifestarse a través de una variedad de posibles problemas como la necesidad, la posesividad, la envidia, el poder, los cambios de humor, la hipersensibilidad, las obsesiones, etc. Reacio a ofrecer a la gente el beneficio de la duda, una propensión a contradecir inmediatamente el razonamiento cuando se analizan los pensamientos, palabras y acciones de los demás.

Para sentirse seguro y bienvenido necesita ser acariciado continuamente con afecto y afirmación. Responde negativamente si no se le da la retroalimentación constructiva diaria. Trabajó activamente en (a veces inventando) problemas de asociación para obtener afirmación, tranquilidad y aprobación. Otros están más relajados con las asociaciones tormentosas que con las tranquilas y agradables.

No me gusta estar solo. Intenta estar solo.

Registro de tumultuosas aventuras románticas.

En un esfuerzo por aliviar su inseguridad con respecto a los matrimonios, a menudo juegan juegos para ganar interés a lo largo de su relación. Puede ser actuando de forma egoísta, intentando dar envidia a su pareja, o retirándose y no escuchando las llamadas o mensajes. Nunca resulta satisfactorio, porque terminan tentando a otros en el tercer tipo de compromiso: resistir.

Evitar el apego

Los individuos con un estilo de comunicación evasiva ignoran totalmente las asociaciones, o el hecho de tener a alguien nuevo, con el que se encuentran, a distancia. Pueden arruinar sus romances florecientes de la nada, porque están aterrorizados de que su nueva pareja los abandone, así que entran primero.

Esto es importante para dividir a los individuos que se resisten a comprometerse en dos categorías: negativos y temerosos.

Estilo de apego despectivo-evitante

Los evasores despectivos parecen aislarse físicamente de su pareja y, por lo tanto, parecen estar excesivamente concentrados en sí mismos. Aquellos con un estilo de relación displicente-evadente parecen exhibir consistentemente al menos un par de los siguientes rasgos:

- Fuertemente autodirigido y autosuficiente.
- Compórtese con seguridad mental y social.
- Quitar el verdadero afecto que deja a uno inseguro, lo que puede poner responsabi-

lidades morales en el Despreciador-Evitador.

Física y emocionalmente deseo de liberación ("Nadie me pone una correa"). Asusta a los que se acercan demasiado ("Necesito espacio para respirar.") Ciertos intereses de la vida también superan a una asociación íntima, como el trabajo, la vida social, las aventuras y ambiciones personales, los viajes, el disfrute, etc. La pareja a veces se omite en estos casos, o tiene una posición mínima.

A algunos les preocupa la dedicación. Algunos tienden a ser solteros en lugar de establecerse. Priorizan la soberanía sobre todo lo demás, incluso en las relaciones de dedicación.

Puede tener varios amigos pero pocas conexiones muy cercanas.

Muchos pueden ser arrogantes y/o pasivo-agresivos.

Estilo de apego temeroso y evasivo

Los que tienen un claro estilo de apego temeroso y evasivo parecen manifestar consistentemente al menos varias de las siguientes características:

Frecuentemente se correlacionan con experiencias de vida intensamente estresantes como la tristeza, la alienación y la violencia.

Desea pero evita el afecto simultáneamente. Mucha disputa social.

Luchar con tener fe en los demás y depender de ellos.

Aniquilación de la ansiedad, en el amor, en situaciones íntimas, física y/o emocionalmente.

Al igual que el Modelo Ansioso-Preocupado, desconfía de los pensamientos, expresiones y comportamiento de los demás.

Comparado con el estilo de evasión despectiva, separan a los individuos y tienen lazos muy íntimos.

Los evasores temerosos odian acercarse o alejarse demasiado de sus amigos, lo que significa que no podrán mantener sus sentimientos bajo control, se molestarán rápidamente y experimentarán cambios extremos de humor.

Desde el modelo de trabajo, ven sus asociaciones que necesitan ir hacia otros para satisfacer sus necesidades, pero si se acercan a otros, los perjudicarán. Esto es para añadir, que el que eligen para correr en busca de ayuda es el mismo al que tienen miedo de acercarse. Como consecuencia, puede que no tengan un plan coordinado para llevar a la gente a satisfacer sus necesidades.

Los seres humanos son organismos patrones, que a menudo replican hábitos para explicar el declive de los anteriores. Se llama adicción repetida en psicología porque simplemente implica que se busca reparar el pasado intentando circunstancias específicas o individuos que alguna vez lo perturbaron.

Relaciones y desafíos ansiosos-evitantes

A las personas evasivas y nerviosas siempre les atrae crear parejas (es un elemento de su patología) en las que las distintas característi-cas mentales conducen a una pareja muy ten-sa.

Dentro de una sociedad, un individuo ansio-samente conectado puede tener la sensación estereotipada de no ser suficientemente res-petado y valorado. Les gustará - se dicen a sí mismos - demasiada cercanía, ternura, con-tacto e intimidad y están persuadidos de que tal matrimonio podría ser factible. Sin em-bargo, la persona con la que están les parece dolorosa y humillantemente distante. Parece que desean algo tanto como lo que les están dando. Se angustian profundamente por su fría actitud y aislamiento y lentamente caen en un estado de auto-odio y alienación, sin-tiéndose no amados y confundidos, así como vengativos y resentidos. Podrían permanecer callados sobre sus quejas durante mucho tiempo, antes de que el pánico irrumpa inevitablemente. Y si es un momento realmente incómodo (tal vez su pareja esté cansada porque ya pasó la medianoche), no estarán dispuestos a concentrarse en abordar los problemas de inmediato. Este tipo de batallas inevitablemente van muy mal. El amante agitado pierde la calma, exageran y con un empuje tan vicioso de su objetivo a casa que dejan a su compañero pensando que están locos y son crueles.

Un compañero que esté firmemente conectado sabrá cómo calmar el problema, pero uno evasivo puede no hacerlo. Trágicamente, esta parte ignorante despierta el miedo en su nervioso compañero. El compañero evasivo se retira inconscientemente bajo presión para estar más fresco y más apegado y se siente estresado y acosado. Se enfría y se retira del escenario aumentando aún más la incomodidad del cónyuge. Bajo su silencio, como ellos dicen, el evasor odia sentirse "controlado"; tiene la sensación de que está en, innecesariamente oprimido y distraído por la "necesidad" del otro. Pueden fantasear en secreto con irse absolutamente a tener sexo con alguien más, con suerte con un completo extraño o ir al otro apartamento y estudiar un libro, pero ciertamente no uno sobre psicología.

Como a menudo, la respuesta es simplemente información. Hay una gran brecha entre actuar sobre los impulsos evasivos o nerviosos de uno y saber, lo que podría ser mejor, por qué los tiene, darse cuenta de dónde vienen y justificar a los demás y a nosotros mismos por qué nos dejan hacer lo que hacemos. No podemos estar absolutamente enamorados - la mayoría de nosotros - pero podemos ser casi tan positivos: podemos criar en personas que se dediquen a aclarar nuestro comportamiento malsano y lleno de sufrimiento en el mejor momento, antes de que nos lastimemos y molestemos tanto a los demás - y disculparnos por nuestras acciones después de seguir su curso.

Rompiendo el ciclo

Los que manifiestan un apego estable, siguen siendo buenos compañeros, los que son principalmente los otros tres tipos pueden seguir teniendo relaciones productivas. Cualquiera de los factores clave para el crecimiento de una relación exitosa son la conciencia de sí mismo, el interés mutuo, el deseo compartido de aprender y la confianza para buscar asistencia médica cuando sea necesario. Sin embargo, la ausencia de esos elementos puede crear problemas de incompatibilidad entre las relaciones.

La mayoría de la gente no cambia su estilo de apego. Pero hay varios métodos que pueden cambiar el suyo, incluyendo el asesoramiento, e incluso el mantenimiento de las asociaciones con otros que están firmemente vinculados.

Más notablemente, la mitad de la lucha se trata de entender el tema. Cuando eres consciente de cómo te atas a alguien, serías más capaz de entender si respondes de una manera que está específicamente ligada a tus ansiedades. Al ser conscientes de su tipo de relación, tanto usted como su pareja podrán cuestionar las inseguridades y preocupaciones reforzadas por sus antiguos modelos de trabajo y crear nuevas formas de conexión para mantener una relación íntima y gratificante.

Si bien los síntomas mencionados anteriormente sugieren que usted podría tener un tipo de relación ansiosa, tampoco son simples marcadores. Alguien puede estar celoso y no estar ansioso, por supuesto, pero si muchos de esos indicadores se alinean con usted, definitivamente es alguien con un tipo de relación nerviosa. No te preocupes si ese es el caso.

La razón para describir tu tipo de apego es conocerte más a ti mismo. Puedes ayudar a trabajar hacia una mejor asociación entendiendo los hábitos que desencadenan tu incomodidad de pareja. A continuación, se presentan formas de mejorar su comportamiento o, si descubre que tiene un apego ansioso, trabaje con su pareja:

Empieza a ser más consciente de ti mismo

Cuando los hábitos nerviosos surgen, es crucial darse cuenta. Tal vez usted se desencadene por esas circunstancias o por algo que haga su cónyuge.

Pregúntese qué cree que provocó las acciones y por qué respondió de la manera en que lo hizo. El espacio para mejorar puede generarse a través del mero hecho de ser más consciente de sus acciones.

Sea abierto con su pareja acerca de su estilo de vinculación

Con suerte, tu compañero entiende; si continúas moviéndote con hábitos disfuncionales, vas a necesitar a alguien así.

Hazle saber a tu esposa tus preocupaciones por conseguir un estilo de apego ansioso cuando estés relajado y no en una discusión. No es nada de lo que avergonzarse; escuchar este aspecto de usted de su pareja le ayudará a apreciar mejor sus hábitos y a ofrecer ayuda cuando sea necesario.

Lleva un diario

No me refiero a "Querido Diario" cuando digo "libro", como podría hacer una niña de 12 años. Hablo más bien de un diario de pensamientos o sentimientos. Escribir las actividades o actos de otras personas que te hacen sentir nervioso o asustado. Muchas veces, para ser un poco más objetivo, lo que se necesita es tenerlo escrito en un papel. Para que le resulte más fácil expresar sus necesidades, también puede compartir este diario con sus seres queridos.

Centrarse más en el presente que en el futuro

Un patrón de funcionamiento de los hábitos de los que tienen un tipo de apego inseguro es un miedo por el futuro.

Si te preocupas constantemente de lo que puede pasar, entonces no estás concentrado en lo que está pasando. Puede que te falten signos de que tu asociación es mucho más fuerte de lo que crees. Podrías ver que las pequeñas cosas también desaparecen; las que podrían ofrecerte el mayor placer.

Encuentra un terapeuta que te ayude a trabajar en tu pasado

Si encuentras que tus antecedentes juegan un papel importante en tus acciones, busca un terapeuta que te ayude a desentrañar los problemas y a darles sentido.

Para lograr exactamente esto, los terapeutas están equipados con equipos. No rehúyas comprometerte con un profesional competente de tu pasado; yo lo hice, y aprendí mucho sobre mí mismo que me ayudó a construir mejores asociaciones. No quiero que suene sombrío tener un apego ansioso; siempre hay mucho espacio para tener asociaciones satisfactorias.

Aunque me concentro a través de algunos de mis hábitos ansiosos, no intento revisar totalmente mis hábitos. Tanto para mí como para mi pareja, he llegado a un encantador punto medio que me ayuda a sentirme segura. Todo comenzó con la revelación, sin embargo, de que tengo una forma de relación ansiosa. Eso, junto con el tiempo, la madurez y la consideración hacia mí mismo, me ha llevado a donde estoy ahora.

Terapia para los ansiosos: Vinculación con el yo

Todos nos dirigimos a estados más jóvenes en momentos de tensión interna. Nos alejamos del capital actual, apelando a los padres más que a las parejas. Volvemos a las percepciones, aspiraciones y tácticas adquiridas a una edad temprana, a menudo con cónyuges adultos. En el espacio vacío, nos convertimos en el niño, sintiéndonos vacíos antes de que se llene de nuevo. También nos convertimos en un niño que juega en nuestro lugar, protegido, lejos de las necesidades o ataques de la casa, esperando que nadie venga a la puerta.

Invariablemente, los que se encuentran en el extremo nervioso del continuo se encontrarán encontrando estrategias para construir un sistema de apoyo interno con el fin de recuperar y minimizar la dependencia de los demás, algún aspecto del yo que sigue siendo poderoso, fiable, sin ser amenazado por la emoción extrema. Esto puede describirse como "autovalidación" o como un "padre interno".

Sin embargo, al principio, instintivamente se esfuerzan por ofrecer esta ayuda, afirmación y testimonio a otros, familias, cónyuges y terapeutas. Pueden afirmar, "Esta no es la forma en que la vida se supone que debe ser". "Se pretende que estemos dispuestos a depender de los demás".

Algunos podrían reconocer, tal vez una desgracia en ello, una aversión a la tarea de asesoramiento. La autosuficiencia o la autocomplacencia pueden ser consideradas como una solución secundaria, sólo utilizada mientras se lucha por pertenecer al planeta. "Internamente y a través de su psiquiatra, ellos experimentan tensión, sintiéndose humillados mientras aún se sienten víctimas en las relaciones:" Yo soy el que se siente tan devastado cuando la gente me abandona. Sin embargo, sugieres que estoy jugando un papel en eso.

Capítulo 3: Miedo al abandono

La ansiedad primordial de que los que están cerca de ti lo dejen es el miedo al abandono. El miedo al abandono puede ser establecido por alguien. Puede estar profundamente arraigado en un encuentro doloroso que tuvo en la edad adulta cuando era niño o en una asociación perturbadora. Puede ser casi difícil mantener una relación estable si tienes miedo al abandono. Para dejar de estar herido, esta ansiedad paralizante hará que te desprendas de ti mismo. O puede que estés saboteando asociaciones sin querer.

Reconocer que te sientes así es el primer paso para conquistar tu ansiedad. Por su propia cuenta o a través de asesoramiento, estará dispuesto a enfrentar sus miedos. Sin embargo, la aprehensión del abandono también puede ser parte de una condición de personalidad que requiere tratamiento. Para discutir los orígenes y las implicaciones a largo plazo de una preocupación de abandono y dónde puede buscar ayuda, continúe leyendo.

3.1 Tipos de miedo al abandono

Tendrás miedo de que alguien a quien respetes se vaya físicamente y no regrese. Te preocupará que tus necesidades emocionales puedan ser descuidadas por otros. En las relaciones con un padre, una novia o una pareja, cualquiera te mantendrá alejado.

Miedo al abandono emocional

Puede ser menos notorio que estar literalmente desierto, pero no es menos doloroso.

Sólo tenemos requisitos personales. Puede que te sientas poco querido, poco apreciado y aislado cuando esas necesidades no se satisfacen. Y cuando estás en una amistad con alguien que está físicamente allí, puedes sentirte muy solo. Si, particularmente cuando era un bebé, ha sufrido abandono emocional en su pasado, vivirá con el temor constante de que pueda ocurrir de nuevo.

Miedo al abandono en los niños

Para los niños pequeños y los bebés, pasar por un período de ansiedad de divorcio es completamente natural. Cuando un padre o un cuidador necesita dejar de fumar, pueden gritar, enojarse o negarse a dejarlo ir. En este punto, los niños tienen dificultades para saber cuándo o si el individuo regresaría. Superan su ansiedad cuando continúan dándose cuenta de que los seres queridos han vuelto. Con la mayoría de los niños, esto ocurre durante su tercer cumpleaños.

Preocupación por el abandono en las relaciones

En una relación, puede que tengas miedo de dejarte impotente. Puedes tener problemas de fe y estrés sobre tu pareja innecesariamente. Eso puede hacer que su pareja sospeche de usted.

Sus ansiedades pueden afectar al otro individuo para retroceder en el tiempo, prolongando el ciclo.

3.2 Síntomas del miedo al abandono

Puede que conozca alguno de estos síntomas e indicaciones si teme el abandono:

- Extremadamente vulnerable a las críticas
- Luchando por confiar en alguien
- Dificultad para hacer amigos hasta que puedas estar seguro de que te quieren
- Tomar medidas drásticas para desalentar la separación
- Patrón de asociación poco saludable
- Estar tan fácilmente unido a los demás, y luego seguir adelante casi tan fácilmente
- Es difícil comprometerse con una sociedad
- Trabajando demasiado para que el otro tipo lo satisfaga
- Culparse a sí mismo si las cosas no funcionan
- Elegir permanecer en una relación aunque no creas que sea seguro...

3.3 Causas del miedo al abandono

En su relación actual, ya sea que tema el rechazo, podría estar relacionado con haber sido abandonado física o mentalmente en el pasado. Por ejemplo:

Puede que hayas presenciado la muerte o el abandono de un padre o cuidador cuando eras niño.

Puede que hayas sido testigo de la negligencia de los padres.

Tus colegas podrían haberte despedido.

Has pasado por la enfermedad prolongada de un ser querido.

Una pareja romántica puede haberte abandonado inesperadamente o haber actuado de forma poco fiable.

Estas actividades darán lugar a un temor de abandono.

3.4 Trastornos y miedo al abandono

El miedo al abandono puede dar lugar a algunas condiciones mentales que con el tiempo se transforman en trastornos mentales.

Trastorno del comportamiento evasivo

El trastorno de la personalidad es lo que puede causar el miedo al abandono, culminando en que la persona se sienta inferior o socialmente inhibida. Cualquiera de estas indicaciones y signos son:

- Nerviosismo
- Débil autoestima

- Intensa aprensión de ser rechazado o juzgado negativamente
- Molestia en circunstancias sociales
- Evadir las operaciones de la compañía y la alienación social autoimpuesta

Trastorno de personalidad límite

Otra condición de la personalidad en la que el miedo extremo al abandono puede jugar un papel importante es el trastorno límite de la personalidad. Otras indicaciones y signos adicionales pueden incluir:

- Matrimonios disfuncionales
- La imagen de sí mismo deformada
- Seria impulsividad
- Cambios de actitud y frustración inapropiada

- Dificultades para vivir aislado

Algunas personas con trastorno límite de la personalidad afirman haber sido explotadas emocional o físicamente cuando eran adultos. Otros terminaron en constantes conflictos o vieron a miembros de sus hogares con la misma enfermedad.

Trastorno de ansiedad por divorcio

Pueden padecer el trastorno de ansiedad por separación si el bebé no puede superar la ansiedad por divorcio y ésta afecta a las actividades cotidianas. Otros síntomas e indicadores del trastorno de ansiedad por separación pueden implicar:

- Ataques de pánico
- El dolor de la perspectiva de ser dividido

de los seres queridos

- Rechazo a salir de casa o a quedarse solo en casa sin un ser querido.

- Las pesadillas que incluyen la alienación de los seres queridos

- Cuando no se trata de los seres queridos, los síntomas de salud, como el dolor de estómago o el dolor de cabeza,

- Los adultos y los adolescentes también pueden sufrir el trastorno de ansiedad por divorcio.

3.5 Efectos a largo plazo del miedo al abandono

Los efectos a largo plazo del miedo al abandono pueden implicar:

Interacciones difíciles entre amigos y cónyuges íntimos

- Problemas de confianza
- Baja autoestima
- Problemas de ira
- Codependencia
- Cambios de humor
- Miedo a la intimidad
- Trastornos de pánico
- Trastornos de ansiedad
- Depresión

3.6 Ejemplos de miedo al abandono

Aquí hay algunas ilustraciones de lo que puede ser el miedo al abandono:

- Su ansiedad es tan crítica que no debe animarse a acercarse lo suficiente a alguien para permitir que eso suceda. Tal vez dirías, "Sin conexión, no hay abandono".

- Obsesivamente, te preocupas por tus supuestos defectos y por lo que la gente pueda pensar de ti.

- Usted es el más grande complaciente de los extraños. No quieres correr ningún riesgo si no vas a apreciar a nadie lo suficiente como para andar por ahí.

- Cuando alguien da un toque de crítica o se enfada contigo de alguna manera, estás totalmente devastado.

- Cuando te sientes desanimado, reaccionas de forma exagerada.

- Te sientes insuficiente y poco atractivo.

- Te separaste de una pareja para evitar que ellos rompieran contigo.

- Incluso cuando el otro individuo está pidiendo espacio, eres pegajoso.

- También estás celoso, desconfía de tu compañero, o lo desprecias.

3.7 Efectos sobre las relaciones

Hay una aprehensión profundamente personalizada de abandono. Cualquier persona está puramente aterrorizada de perder a su cónyuge. En otros matrimonios, algunos corren el riesgo de ser abandonados.

Para ayudar a entender cómo puede navegar por una relación de pareja alguien con miedo al abandono, aquí hay una visión general de cómo una relación normal puede empezar y crecer. Este ejemplo es extremadamente válido para las asociaciones íntimas, pero en las amistades cercanas como

bueno, hay varios paralelos.

Conociendo a otro

Te sientes muy seguro en esta etapa. Aún no estás involucrado emocionalmente con la otra persona. Así que, a pesar de pasar tiempo con tu persona favorita, empiezas a vivir tu vida.

Fase de luna de miel

Cuando tomas la decisión de comprometerte, este proceso ocurre. Como ambos se llevan demasiado bien, pueden ignorar posibles banderas rojas o amarillas. Empiezas a pasar mucho tiempo con otra persona, y realmente te diviertes. Empiezas a sentirte seguro.

Relación real

La fase de la luna de miel no durará mucho tiempo. La verdadera vida sigue intervinien-

do sin importar lo bien que se lleven dos individuos. La gente se enferma, tiene problemas con su familia, empieza a trabajar muchas horas, se estresa por las finanzas y necesita tiempo para hacer las cosas.

Aunque esta es una fase muy natural y optimista en una asociación, para alguien con
miedo al rechazo que pueda interpretarlo
como una indicación de que el otro se está
alejando, puede ser aterrador. Si tienes esta
ansiedad, sigues luchando contra ti mismo e
intentas con todas tus fuerzas no expresar tus
pensamientos por la ansiedad de ser pegajoso.

[1]Punto de vista de la pareja

Desde el punto de vista de tu novia, el abrup-

---

[1]

to cambio de actitud parece venir de la izquierda. Ciertamente no tienen la menor idea de por qué su compañera, antes optimista y relajada, se comporta inesperadamente pegajosa y exigente, asfixiándola con afecto, o separándose por completo si la compañera no sufre de miedo al rechazo.

En relación con las fobias, por miedo al abandono, es difícil hablar o razonar con los demás. No sería suficiente, no importa cuántas veces tu cónyuge intente convencerte. En última instancia, sus hábitos de acciones y respuestas inconsolables

puede separar a su cónyuge, contribuyendo a la conclusión de que usted es el que más teme.

3.8 Diagnóstico del miedo al abandono t

El miedo al abandono no es una condición de salud mental que pueda ser diagnosticada, aunque seguramente puede ser reconocida y tratada. El temor al abandono también puede ser parte de una condición diagnosticable de la persona u otra condición tratable.

3.9 Tratamiento de las cuestiones de abandono

Hay varios pasos que debes dar para empezar a sanar hasta que entiendas el miedo al abandono. Aflojar un poco la cuerda para evitar el auto-juicio negativo. Recuerda todas las características ventajosas que te hacen un compañero y una compañera fuerte.

Habla del miedo al abandono y de cómo llegó a ser para el otro individuo. Pero ten cuidado con lo que esperas de los demás. Diga de dónde viene, pero no les cree nada para remediar el miedo al abandono. No les exija más de lo que es justo. Actúa para preservar las amistades y desarrollar tu red de apoyo. Tu autoestima y sentimiento de identidad pueden mejorar con buenas amistades. Considere la posibilidad de ir a un psiquiatra capacitado si considera que algo es inmanejable. La terapia de persona puede ayudarle.

Cómo ayudar a alguien con problemas de abandono

Si alguien que conoces está luchando con el miedo al abandono, aquí tienes algunos métodos para

Inténtalo:

• Lanza el diálogo. Anímalos, pero no los

presiones para que hablen de ello.

- Tenga o no sentido para ti, date cuenta de que para ellos la ansiedad es genuina.
- Garantizarles que no los vas a dejar.
- Diga lo que va a hacer para ayudar.
- Ofrezca asesoramiento, pero no lo fuerce. Ayude a buscar un psiquiatra competente
- cuando muestran la necesidad de pisar.

Estrategias de afrontamiento

Si su ansiedad es moderada y bien controlada, simplemente conociendo sus tendencias y aprendiendo diferentes técnicas de comportamiento, puede manejarla. Sin embargo, para la mayoría de los individuos, la aprehensión del abandono permanece incrustada en desafíos profundamente arraigados que son difíciles de desentrañar solos.

Si bien es esencial para hacer frente al miedo en sí, también es vital para crear un sentido de pertenencia. Concéntrese en crear un grupo, en lugar de desperdiciar toda su atención y dedicación en un solo compañero. Ninguna persona puede arreglar todos nuestros problemas o satisfacer todas nuestras necesidades. Pero en nuestras vidas, una comunidad sólida de muchos buenos amigos jugará cada uno una parte esencial. Algunos individuos con miedo a la pérdida afirman que mientras crecían, nunca se sintieron como si tuvieran una "tribu" o una "manada". Todavía se sentían "otros" o aislados de los demás a su alrededor por alguna causa. Lo positivo, sin embargo, es que nunca es demasiado tarde.

Es importante asociarse con otras personas de ideas afines, cualquiera que sea el estado actual de la existencia. Crea una compilación de tus hobbies, pasiones y sueños que sean reales. Encuentra también aquellos que tengan tus valores. Aunque está claro que no todos los que expresan una pasión pueden convertirse en amigos íntimos, los hobbies y las aspiraciones son un paso sobresaliente para crear una profunda red de ayuda. Trabajar en tus intereses realmente tiende a desarrollar la confianza en ti mismo y en que estás lo suficientemente sano como para enfrentarte a cualquier cosa que la vida te proponga.

Cuándo ver a un médico

Si has intentado pero no puedes controlar tu miedo al abandono por ti mismo, puedes

comenzar un chequeo completo con su médico de cabecera. Para diagnosticar y manejar la enfermedad, pueden remitirlo a un psicólogo. Los trastornos de personalidad pueden contribuir a la depresión, al consumo de drogas y a la segregación social sin tratamiento.

Para llevar

Sus relaciones pueden verse afectadas negativamente por el miedo al abandono. Pero para

aliviar tales preocupaciones, hay cosas que deberías probar. Se puede manejar eficazmente con narcóticos y psicoterapia, ya que la ansiedad de abandono es parte de una condición de personalidad más amplia.

Capítulo 4: Celos y apego

Es un mito muy extendido que el símbolo del amor es la envidia. En Twitter, recientemente vi la siguiente cita de una fuente cuyo nombre de usuario al menos indicaba que el orador estaba afiliado a la psicología: "La gente que está realmente enamorada se pone celosa de las cosas tontas". Me sorprendió encontrar este mito tan profundamente arraigado que incluso la gente psicológicamente sofisticada tiende a creerlo.

Los celos pueden ser una gran preocupación de la sociedad. Para un tercio de sus clientes, un estudio de terapeutas matrimoniales indicó que los celos sexuales eran un problema significativo. Espero que se disipe la idea de que la envidia es un símbolo de pasión. Pero si no es así, ¿qué es lo que realmente motiva las respuestas de los celos? Los estudios han relacionado muchas características con los grandes celos:

- Poca autoestima.

- Una propensión general a ser malhumorado, inquieto y errático mentalmente.

- Sentimientos de posesividad e inseguridad.

- Dependencia de su pareja: Decirle a la gente que se imagine que no tiene cónyuges alternativos con éxito da como resultado respuestas más negativas a situaciones imaginarias que causan envidia.

- Sentimientos de insuficiencia en su relación: normalmente teme que su cónyuge no sea lo suficientemente bueno.

Un tipo de apego nervioso: una orientación persistente hacia las parejas íntimas que requiere que su cónyuge le abandone o no le respete lo suficiente. Las investigaciones han demostrado que al permitir que las personas se sientan más firmemente conectadas, al pedirles que piensen en obtener ayuda de un ser querido, les ayuda a responder con menos severidad a una circunstancia que desencadena una hipotética envidia.

Las inseguridades de los celosos son todas estas razones que llevan a la envidia, no el afecto que tienen por su pareja.

Los celos pueden erosionar las relaciones de confianza y herir. Cuando se está inseguro, la baja autoestima y la aprehensión del abandono están siempre presentes. Puedes arriesgarte a perder poder subconscientemente, por lo que la envidia es una emoción que se produce. Y la envidia puede inducir actitudes extremas dentro de nosotros. Implicará buscar las posesiones de un compañero. O buscar en tu teléfono y asegurarte de que no te están engañando. En los matrimonios disfuncionales, esto es lo que necesitas para hablar de la envidia.

4.1 Apego inseguro y celos

Los celos, si usted y su pareja están firmemente conectados, no suele ser una preocupación. Usted cree que su pareja es digna de confianza y leal mientras usted está seguro. Pero la falta de confianza puede ser una preocupación si tienes un estilo de apego inestable. Más precisamente, puede sentir lo siguiente mientras está ansiosamente apegado:

Buscando la validación

Es posible que necesite que su pareja le tranquilice o intimide si tiene un estilo de relación ansioso. Para sentirse protegido y apreciado, necesitaría un compromiso continuo por parte de ellos.

Miedo al abandono

Desencadenará el miedo al rechazo si empieza a sentir que su cónyuge está distante. El riesgo de abandono lo corren sobre todo las personas que se sienten ansiosamente unidas. Puede sentir que su esposa (aunque no sea así) lo abandonaría por otra persona.

Baja autoestima

Puede ser un síntoma de baja autoestima cuando tienes miedo de que tu pareja te deje. La baja autoestima te hará sentir como si no merecieras afecto.

Miedo a perder el control

Se puede desencadenar si ves que tu pareja pierde interés. Al intentar volver a concentrarse, puede llevarte a intentar recuperar el control de la situación.

4.2 Comportamientos celosos

Es más probable que usted monitoree el comportamiento de su pareja que los individuos seguros cuando está ansioso. Incluso puedes recurrir a acciones como:

- Observando desde las posesiones de nuestro compañero
- Tratando a cambio de mantener a nuestros socios celosos
- Espiar a nuestro compañero
- Leyendo los mensajes de texto en el teléfono de nuestro socio
- Intentando conseguir el afecto de nuestra pareja por sexo u otras formas.
- Si no confías en tu compañero, si no trabajas en ello, se erosionará tu amistad.

4.3 ¿Qué le hacen los celos a su relación?

Las acciones de celos pueden ser muy perjudiciales para una sociedad. En el mejor de los casos, el cónyuge celoso está necesitado y necesita continuamente que se le asegure que es el único que le sucede y que nadie es un peligro. En una conducta manipuladora y desconfiada, e incluso en la violencia física o emocional, los celos pueden manifestarse en su peor momento. Un cónyuge celoso puede intentar vigilar los actos de su pareja, comprobar su ubicación o rastrear sus llamadas, mensajes de texto o correos electrónicos. Este comportamiento crea una tendencia de desconfianza que es tóxica y que en última instancia puede contribuir a la ruptura de una sociedad. La estima y el aprecio son la piedra angular de toda relación segura y exitosa. Una persona que trata con la envidia no está dispuesta a confiar o expresar afecto por el individuo con el que está como individuo o sus límites. Esta conducta interrumpiría las emociones de pasión e intimidad que alguna vez existieron a lo largo del tiempo. Esto también podría desencadenar repetidas disputas y el deseo de justificarse a sí mismos y su compromiso con una pareja una y otra vez. Esto puede ser agotador e impedir el crecimiento y la creación de una base estable en una relación.

4.4 ¿Cómo tratar con un compañero celoso?

Debes saber que la envidia de tu compañero no se trata de ti, sino de ellos.

Asegurando a su cónyuge su afecto, reaccione a las expresiones de envidia. Las investigaciones han demostrado que quienes reaccionan a la envidia de sus parejas tranquilizándolas en cuanto a su deseo y atracción parecen tener relaciones más seguras.

4.5 ¿Qué debes hacer si estás celoso?

Cuando eres el que husmea en el correo electrónico de tu pareja, ¿cómo te enfrentas a los celos? Muchos actos te ayudarán a sobrellevarlos:

Detener las condiciones que puedan suscitar sospechas infundadas. Los investigadores notaron en un estudio que los celosos parecían rastrear el comportamiento en Facebook de sus parejas. Cuanto más husmeen en Facebook, más se preocuparán por descubrir hechos, contribuyendo a más espionaje, y generando un círculo giratorio de vigilancia intensificada y envidia.

Trabaja para ti mismo. Actúa para desarrollar tu fe en ti mismo y en tu sociedad.

Comuníquese con su compañero. Habla de ello con tu compañero si sientes celos, pero la forma en que hablas es clave: si muestras frustración o sarcasmo o lanzas amenazas a tu cónyuge, no mejorará. Tendrás que ser directo, pero no agresivo. Explique los pensamientos con suavidad y explore las formas de buscar un remedio. Esto le facilitará sentirse más satisfecho y sin confundir a su esposa con su conducta celosa. Es más probable que estas técnicas de vinculación sacaran respuestas constructivas de su pareja. Los celos se justifican a menudo: Por ejemplo, si su esposa ha tenido una aventura y ha violado su confianza, es una preocupación importante. Si está celoso porque, aunque lo haga, está comprometido con alguien que puede no querer la monogamia, entonces sus sentimientos de celos pueden ser una excusa válida para salir de la sociedad y buscar a alguien cuyas prioridades en la sociedad estén más alineadas con las suyas. Pero cuando te pones celoso de "cosas estúpidas", no muestras amor; expones tus propias inseguridades.

4.6 Manejo de los celos

Aferrarse a alguien más no disuadirá nuestra envidia. A largo plazo, evitar que la gente

hacer lo que quieren, o comunicarse con quien quieran, no nos tranquilizará. Es un tipo de influencia, y para usted o su pareja, no es seguro.

Las investigaciones sugieren que una comunicación saludable ayudará a minimizar la envidia. El contacto seguro mejorará la sensación de protección de las personas nerviosas. La interacción segura puede disminuir la tensión y la liberación de oxitocina en el cerebro. La oxitocina anima a comunicarse entre sí. Después del sexo, es la sustancia química que produce nuestro cerebro. En nuestros matrimonios, la comunicación afectuosa incluso nos hará sentir seguros de los ataques. Es un recordatorio para los individuos nerviosos de que somos cuidados, protegidos y bienvenidos. La terapia nos ayudará a trabajar en nuestros problemas de envidia por:

- Aprender las técnicas de gestión interpersonal para manejar la envidia a medida que surge
- Cambio de los supuestos restrictivos sobre nosotros mismos
- Construir nuestras habilidades para la comunicación
- Cambiar nuestros sentimientos de envidia

- Buscar la fuente de nuestra envidia puede haber causado un miedo al abandono o una baja autoestima en nuestra juventud.

Un factor que me hizo empezar a cambiar mi estilo de apego a la protección fue el asesoramiento. Tiene un buen impacto en tus relaciones y en tu salud cuando empiezas a ajustar tu estilo de conexión a estable.

4.7 Cómo evitar los celos en una relación

¿Cómo afectaría la envidia a las relaciones íntimas? Va en contra de las 5 Disciplinas del Amor, normas básicas para crear una unión segura y digna de confianza. Se hace difícil mantener la regla del amor y la bondad ilimitada, porque la envidia perjudica la capacidad de amar sin obstáculos. Cuando la envidia es una preocupación, a menudo es difícil ser completamente inseguro, porque la envidia causa fricción en la relación. La envidia nubla la discriminación y, a través de simples sospechas, se hace imposible decir los hechos. Cuando estás inseguro, no puedes permitir que tu compañero tenga la libertad de vivir una vida, ni tampoco puedes ser capaz de vivir una vida propia cuando te enfrentas a un compañero inseguro. Los celos pueden colarse en todas las facetas de tu vida, encontrando imposible apreciar algo. Cuando los celos en una relación se conceden completamente, ningún grupo prospera.

Sé honesto con respecto a la influencia de los celos.

Si no lo aceptas, es difícil abordar un dilema. Sé sincero en lugar de decir que no estás celoso o que tu envidia no es una preocupación. ¿Cómo te están haciendo sentir tus inseguridades y cómo están afectando tu relación? Puede ser un desafío darse cuenta de las dificultades que están creando sus celos, pero consuélate sabiendo que estás dando el primer paso hacia una mejor relación.

Cuestiona lo que te dicen tus celos

La psicología actual ofrece el punto de vista de un médico de familia sobre cómo evitar los celos en una relación: ver el resentimiento como una cura en lugar de ver el resentimiento como un obstáculo. Los celos (o cualquier otro problema de la relación) es una puerta de oportunidad para lograr una comprensión que podemos observar. Trata de comprender el comportamiento primero, a pesar de abstenerte de las acciones de celos directamente. ¿Cuál es el dilema que la envidia busca resolver? Si sientes celos de que tu pareja haya roto tu confianza, el problema principal es el abuso de confianza. Son las inseguridades que requieren enfoque si estás transfiriendo las inseguridades a tu pareja. Si estás celoso de los logros de tu pareja, tal vez hay un aspecto malsano de la rivalidad que debe ser extraído. Cualquiera que sea la fuente, puede llevarte a la base de cómo evitar sentirte inseguro en una relación mirando a la envidia como una "cura" y retrocediendo desde ahí. Vas a arreglarlo para lograr una relajación permanente moviéndote a la verdadera pregunta.

Enumera tus inseguridades

Mirarse a sí mismo continúa entendiendo cómo evitar ser un compañero o cónyuge competitivo. ¿Cuáles son las inseguridades que empujan a la envidia? Debido al perfeccionismo, ¿tienes miedo de ti mismo? ¿Estás comparando a los demás contigo mismo? No haces esta lista para sentirte avergonzado de ti mismo, eres dueño de tu lugar en la sociedad.

Desarrollar la confianza en sí mismo

Cuando hayas preparado una lista de las inseguridades que provocan tu envidia, escribe cada una de ellas con un antídoto. Cuando existas a la sombra del ex de tu pareja, prepara una lista de todas las cualidades que le gustan a tu esposa. Despliéguelas en Instagram durante un mes si continuamente se equipara a las celebridades. Serás capaz de construir la confianza en ti mismo que necesitas para conquistar la envidia, dejándote espacio para los sentimientos de inferioridad.

Evalúa la raíz de la inseguridad que tienes

En una amistad, entender cómo evitar los celos es también una cuestión de reparar las heridas del pasado. Si lidias con la envidia debido a una condición subyacente como la depresión o la adicción en la adolescencia, consigue la ayuda que necesitas para conquistarla. Convertirás los desafíos en recursos de poder con el apoyo adecuado.

Sé sincero con la pareja que tienes

Su esposa presumiblemente ya se ha dado cuenta de que está luchando contra la envidia. Lo más probable es que su cónyuge también esté contribuyendo al problema. Usted reconoce su compromiso practicando un buen contacto pero simultáneamente manteniendo a su cónyuge responsable y permitiéndole la oportunidad de ayudarle mientras busca una solución.

Establecer una capacidad de afrontamiento saludable

A menudo, cuando no tienes opciones más saludables para conectarte, puede ser difícil ignorar los celos en una relación. Depende de ti domesticar la raíz de tus celos, siempre y cuando tu pareja no te dé una justificación para estar paranoico o inseguro (es decir, engañando o mintiendo). Sólo estás acostumbrado a ello. Sepa que no necesita la envidia.

Aprende y desarrolla tu bienestar emocional, físico y mental a través del autocuidado. Se convierten en el estándar a medida que enfatizas las estrategias positivas de afrontamiento, y finalmente reemplazan a la envidia.

4.8 Cuando estás seguro de ti mismo, eres inquebrantable.

El apego seguro permite que sea más conveniente confiar en la pareja. Usted controla su

se siente saludablemente. Debes expresar libremente tus deseos y emociones. Cuando usted y su esposa están todavía firmemente unidos, la envidia no es una preocupación.

CPSIA information can be obtained
at www.ICGtesting.com
Printed in the USA
LVHW080019010421
683081LV00002B/186